蟲蟲生態小故事

U0099659

天牛 的日記

我是威風鋸樹郎

安武林 / 著
鍾兆慧 / 繪

新雅文化事業有限公司
www.sunya.com.hk

我們的全家福。

我像不像大力士？

「綠色食物」讓
我更健康。

聽說吃桃子長壽，
我也來一口。

長着兩顆「大牙齒」
的傢伙真是太酷了！

讓我們為你
唱首歌。

儲藏間

書房

廚房

　　我剛出生的時候，爸爸對我說了一句讓我一輩子都忘不掉的話：「我們天牛*家族最厲害，我們是星天牛，我們是『會飛的牛』。」

*天牛是甲蟲的一種。

小時候，我白白的，軟軟的，乖乖的。
媽媽說：「好可愛的小寶寶啊！」

啊，一想起冬天就感到好累！

　　冬天，我躲在樹縫裏做夢。在温暖的蛹室裏，我夢見自己在伐樹，嚓嚓嚓嚓……一棵又一棵大樹轟隆轟隆地倒下來。

　　好累啊，真想好好睡上一覺！

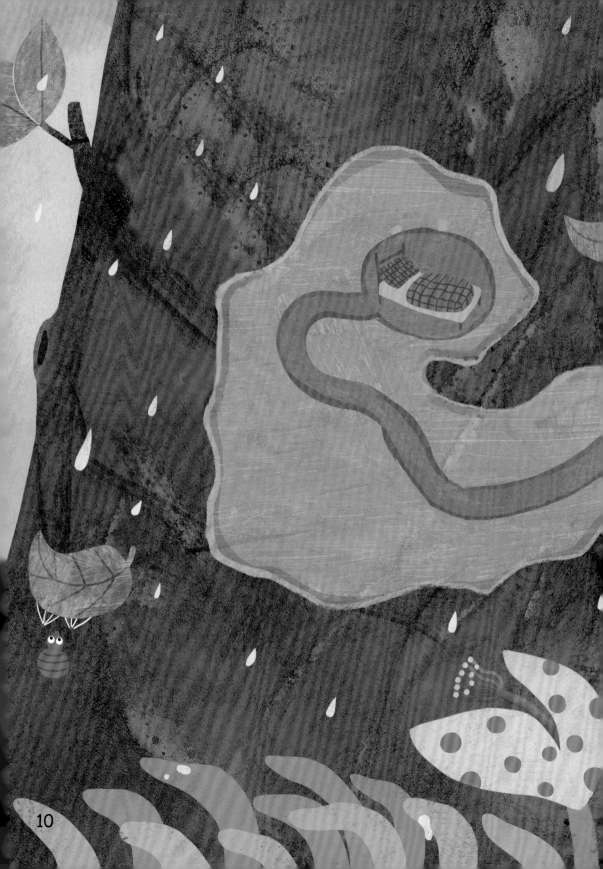

　　媽媽總是粗心大意，把我生了在樹的裂縫裏。風吹雨淋讓我受了不少苦。但是媽媽說，受過苦的孩子長大後，身體才會強壯的。

11

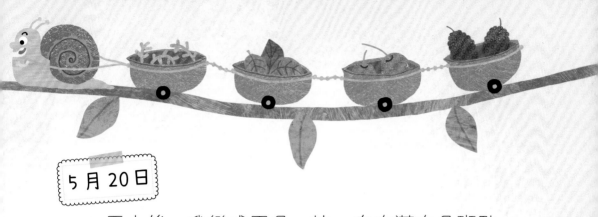

　　長大後，我變成黑色，披一身布滿白色斑點的盔甲。爸爸說：「好威風啊，天牛士兵！」

我的兒子最棒！

13

我有一對長長的觸鬚，就像古裝片和粵劇裏的大王，頭上豎着兩根花翎，有的小朋友叫我「天牛大王」。

好甜！樹汁真美味！

哇，我身後來了一隻臭蟲，臭死了。

好臭！哪兒來的臭氣？

5 月 25 日

　　我喜歡住在森林裏，偶爾會在城市街道兩旁的樹上散步。

　　樹上的蟬很討厭，他一見我就大聲地喊叫和嘲笑我。

　　我很生氣，馬上就飛走了。我還是喜歡住在寧靜的鄉下，住在森林裏。

大齒天牛

家天牛

泰坦大天牛

桑天牛

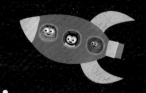

雲杉大墨天牛

5 月 29 日

　　爸爸告訴我，我們有很多親戚，遍及整個地球。

　　但是，跟親戚見面，我不喜歡；和兄弟姊妹玩，我也不喜歡。我只喜歡過清靜的日子。

5 月 31 日

　　我是個美食家。

　　核桃、蘋果、桃子、甘蔗都是我的最愛。朋友們來了，我會讓他們品嘗這些美食。至於我，吃些柳樹、榆樹的樹皮就夠了。

储藏間

書房 廚房

零食間

蛹室

6月3日

早晨，天剛剛亮，我就醒了。
我伸伸懶腰，呼吸幾口新鮮空氣。
我喜歡陽光，喜歡一切明亮的風景。

救援隊

6月5日

黑暗會讓我做噩夢……

我不但不喜歡黑暗，而且我也不喜歡下雨天，雨水會打濕我漂亮的衣裳。

6月9日

　媽媽警告我，不要讓小朋友們捉住我，否則他們會讓我沒完沒了地「拉車」、「賽跑」。聽到我發出喀嚓喀嚓的聲音，他們就會哈哈大笑。

　所以，一看見小朋友，我就躲得遠遠的。

29

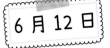

6 月 12 日

　　哥哥說：「假如你真的有話想跟小朋友們說，可以寫信啊。你看郵票四周的齒孔，多像我們鋸樹郎的齒痕啊。」

哈，對對對，他們是讀書郎，
我是鋸樹郎，「小呀小兒郎……」

等等我！

啄木鳥醫生來了，快逃！

6 月 13 日

我討厭啄木鳥醫生，他給樹看病時總把樹敲得咯咯響。

爸爸說，我們總要給這個世界留下些什麼。
我聽說祖父被製成標本，祖母被製成中藥。

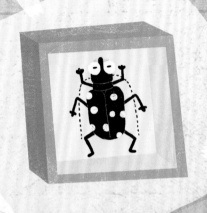

百合	川烏	甘草	巴豆
白芷	半夏	天牛	肉桂
當歸	紅花	麥冬	竹

至於我……我想把自己的生活記錄下來，跟更多小朋友分享我的快樂和煩惱。明天將發生什麼呢？睡醒就知道了。

天牛樹汁，
天下美味。

「棉花糖」，我來啦！

過清靜的日子是
我畢生的追求。

鍛鍊身體，保護自己。

快跑，搗蛋鬼來了。

哎喲，又被抓住了！活着真的不容易。

夢想STEAM職業系列

一套4冊

從故事學習 STEAM，我也要成為科技數理專才！

本系列一套4冊，介紹了科學家、工程師、數學家和編程員四個STEAM職業。把温馨的故事，優美的插圖，日常的數理科技知識巧妙地融合在一起，潛移默化地讓孩子了解STEAM各相關職業的特點和重要性，並藉此培養他們正面的價值觀和協作、解難技能，將來貢獻社會！

了解4種 STEAM職業：

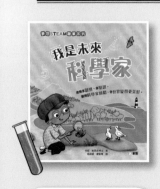

我是未來科學家
學習多觀察、多驗證

我是未來工程師
學習多想像、多改良

我是未來數學家
學習多思考、多求真

我是未來編程員
學習多創新、多嘗試

圖書特色：

溫馨故事配合簡易圖解，
鼓勵孩子**多觀察身邊的事物**，
多求證解難，引發孩子的好奇心

講述著名科學家、工程師、數學家和編程員的事跡，
讓孩子了解STEAM職業
的特點和重要性

書末提供如何成為各種STEAM專才的建議，
引導孩子思考，培養數理科技思維，
為投身理想STEAM職業踏出第一步！

一起來跟**科學家、工程師、數學家**和
編程員學習，培養嚴謹的科學精神、慎
密的頭腦、靈活的思維，從求知、求真、
求變中，為人類的福祉和文明作出貢獻！

科技數理融入生活，
知識融入故事。
一起進入 STEAM 世界！

定價：$68/ 冊；$272/ 套

三聯書店、中華書局、商務印書館、
一本 My Book One (www.mybookone.com.hk) 及各大書店均有發售！

蟲蟲生態小故事

天牛的日記
——我是威風鋸樹郎

作　　者：安武林
繪　　圖：鍾兆慧
責任編輯：楊明慧
美術設計：張思婷
出　　版：新雅文化事業有限公司
　　　　　香港英皇道499號北角工業大廈18樓
　　　　　電話：(852) 2138 7998
　　　　　傳真：(852) 2597 4003
　　　　　網址：http://www.sunya.com.hk
　　　　　電郵：marketing@sunya.com.hk
發　　行：香港聯合書刊物流有限公司
　　　　　香港荃灣德士古道220-248號荃灣工業中心16樓
　　　　　電話：(852) 2150 2100
　　　　　傳真：(852) 2407 3062
　　　　　電郵：info@suplogistics.com.hk
印　　刷：中華商務彩色印刷有限公司
　　　　　香港新界大埔汀麗路36號
版　　次：二〇二二年二月初版

ISBN: 978-962-08-7931-9
Traditional Chinese Edition © 2022 Sun Ya Publications (HK) Ltd.
18/F, North Point Industrial Building, 499 King's Road, Hong Kong
Published in Hong Kong, China
Printed in China

原書名：《我的日記：天牛的日記》
文字版權©安武林
圖片版權©鍾兆慧
由中國少年兒童新聞出版總社有限公司2016年在中國首次出版
所有權利保留